学习色彩 画前准备

我们在画水粉画时需作哪些画前准备呢？这里我们将把经验介绍给大家仅供参考。 水粉画是介于水彩与油画之间的画种，它常作为色彩绘画训练最先接触的画种，经过水粉画训练后可以自然过渡到其他的画种训练。故此水粉画也称为基础训练色彩的一种可行的画种。水粉画主要特点是用不透明的颜料和水调和作画的，在薄画时，可以充分利用水分和纸底色，画出近似水彩画的效果；在厚画时，又可以利用水粉画颜料的遮盖力强的特性，多层画完，所以技巧和画面效果又同油画近似。目前美术专业高考的色彩考题，为了便于马上收集装袋密封，多数都是要求考生采用水粉画完成。

对水粉性能的把握是色彩突破的前提。水粉画是以水作为媒介，这一点，它与水彩画是相同的。所以，水粉画也可以画出水彩画一样的酣畅淋漓的效果；但是，它没有水彩画透明。它和油画也有相同点，就是它也有一定的覆盖能力。而与油画不同的是，油画是以油来作媒介，颜色的干湿几乎没有变化；水粉画则不然，由于水粉画是以水加粉的形式来出现的，干湿变化很大。所以，它的表现力介于油画和水彩画之间。

调色盒中水粉颜料的排列顺序

白色	土黄	橘黄	土红	赭石	深绿	湖蓝	黑色
白色	中黄	朱红	紫红	熟褐	中绿	钴蓝	普蓝
柠檬	淡黄	大红	深红	粉绿	草绿	群青	普蓝

水粉颜料

市面上卖的水粉颜料是我们通常所说的"广告色"或"宣传色"。分瓶装、管装两种。常见的颜料有：土红、土黄、熟褐、赭石、橘黄、朱红、中黄、草绿、中绿、橄榄绿、粉绿、群青、湖蓝、钴蓝、普蓝，等等，这些颜料的性能都相对稳定，覆盖力较强。但是还有少量颜料比较容易翻色，不易覆盖，如：深红、玫瑰红、青莲、紫罗兰，等等。还有柠檬黄、淡黄，颜色透明，覆盖力较差，有水彩的特性。当然要想运用自如，还得多画多练，在实践中不断摸索它的性能与规律，常言道"熟能生巧"。

常用色要备全，用量大的色要多备几支，比如白颜色等。 水粉画用笔比较其他画种灵活，除备水粉画专用笔以外，也可备些水彩画笔、油画笔、国画笔及软毛刷。软毛刷可以用来画大面积的背景；而水粉画笔、水彩画笔、油画笔、国画笔在不同部位使用，能产生出不同的笔触和效果。

颜料盒要离画纸与调色板较近的位置，最好放在顺光处。

画纸

一般水粉画用纸我们选用水粉纸与素描纸为主。水彩纸也用得比较多。水粉纸分粗纹与细纹，它们都有较强的□□□□□□□□滑，吸水性差，但掌握□□□□□□□此外还有牛皮纸、白板□□□□□□

裱纸方法：画之前□□□□□□□法就是直接用透明胶□□□□□□□一种方法是先将纸的□□□□□□□的四周粘好，待几分钟后即可作画。

作画的其他工具

画之前需准备的配套工具：有画架、画板、画凳、夹子、透明胶、水桶、调色板、吸水布、喷壶，等等。

正确的作画姿势特别重要，能保证正确的观察画面距离。眼睛要与画面垂直，眼睛至画面的距离大约50～60cm。随时注意把身体退远看自己的画面，随时注意画面的大关系。

水桶要放在右手边，注意装水不宜太满。

放块吸水用的毛巾可以掌握笔上颜料的干湿。

调色板一定要顺光

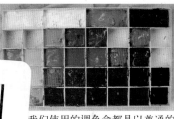

我们使用的调色盒都是以普通的□品为主。一般选用18～24个贮色□色盒。

市面上供应的水粉画颜料，也称广告色、图案色、宣传色等，其性质和质量相同，包装有盒装、单支、锡管装、瓶装、塑料纸软袋装等。

常见的水粉笔以羊毫、狼毫及尼龙笔居多。羊毫笔质柔软，吸水性强，适于湿画法；狼毫笔富有弹性，含水量少，易于掌握；尼龙笔吸水量极少，但弹性好，笔形扁平，便于局部塑造和用干画法。如何选用水粉笔，需要多少支笔，常以实践、习惯来定。一般用1～12号水粉笔，数字越大笔形越大越宽。

调色盒中颜料的保养：每次画完画都要清理一下颜色，并且要用喷壶洒点水再用湿布或海绵盖好，以免干裂，影响下一次作画。

色彩写生是美术色彩课学习的一个重要课程，主要培养学生对色彩的观察力、认识力、表现力、处理和概括能力。色彩写生主要以写生的方式研究物象固有色、条件色（光源色、环境色）的相互关系与变化规律。掌握写生色彩基本知识能让我们在写生时正确地表现物体的色彩。

固有色：物体本身固有不变的颜色。即通常所说白纸、红布、黄梨、绿草等。

条件色：是一定光源、物体、环境之间相互影响下的现实性色彩，它具有客观真实的视觉感觉。条件色包括光源色与环境色。

光源色：光源对物体受光面的影响。

环境色：物体支撑面对物体的影响。

不过想要画好水粉，就要多画，掌握它介于水彩和油画之间的特点。还有个秘诀是：看多一点印象派的画，并向他们学习，提高色彩修养。

高光（光源色）亮面（固有色+光色）

灰色（固有色为主）

暗面（固有色+环境色反光）

明暗交界线（固有色+光源色+环境色）

投影（固有色加暗+环境色）

特别要注意画面的"黑，白，灰"关系，它是画面明度关系的重要表现。

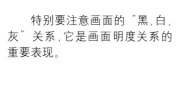

黑

白

灰

单色训练(大红\白\黑色)

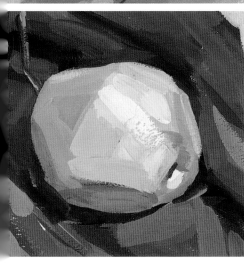

经常有同学问我色彩静物的苹果怎么画。一般的红苹果、绿苹果、黄苹果都要用到哪些色彩。其实啊,画画最主要的是讲究自己的色彩感觉,但是,当下的考试时这样要求的,也不能怪学子们的这样提问。在这里我也讲些概念的东西吧,希望对大家有用

最深的地方要用普蓝＋深红＋浅绿,苹果的下部要和上部的区别,颜色不要死背。有固有色,色调和谐,与周围环境协调即可,不用刻意的死记颜色。要区分苹果的受光、背光、反光、过渡面几个大面的基础上,再加细节的刻画。青苹果的暗部可以用草绿或橄榄绿加土黄或中黄,千万不要用太多熟褐,否则画出来的苹果暗部不透气还没有倾向。

水果画法：主要是要画出物体的固有色，比如香蕉黄色，橘子橘黄色，颜色不可以偏掉，不然就灰了。画的时候在明暗交界线的地方画笔深色，在亮部可以上一些纯色，暗部加一些反光，水果边缘调一些环境色，高光的地方根据人造光或自然光可以点一些冷色或暖色的高光上去。

问：为什么我画的苹果没有他们的看着抢眼？

答：1.塑造不行，苹果很讲究素描基础，素描静物弱的话，色彩感觉再好水粉也不会分高。解决办法是写生一个苹果，不要小，最好在4开里面画到2个，然后不要用曲线，用直线画出块面，这样你对色彩笔触才能理解好。第二步在两张八开纸上默写苹果侧面，也以块面形式，这样循序渐进，你的塑造绝对很厉害。

2.以上是纠正基础问题，这个纠正色彩技巧问题由暗面入手，找偏冷偏重的颜色，背光留不留看你，之后用最重不纯的颜色，强调明暗交界线，再用较厚的纯色找亮面变化。记住画苹果时，一是笔法按照第一步来塑造。二是要明确交代出上下左右面，找出三维变化，这样你苹果才真实可信。

3.用整体偏纯的颜色，用越来越厚的笔触，并适当夸张对比，使用以上两步，你的苹果绝对抢眼。

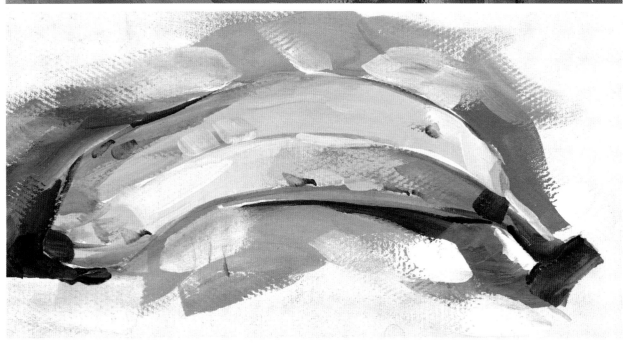

固有色：就是物体本身所呈现的固有的色彩。对固有色的把握，主要是准确地把握物体的色相。由于固有色在一个物体中占有的面积最大，所以，对它的研究就显得十分重要。一般来讲，物体呈现固有色最明显的地方是受光面与背光面之间的中间部分，也就是素描调子中的灰部，我们称之为半调子或中间色彩。因为在这个范围内，物体受外部条件色彩的影响较少，它的变化主要是明度变化和色相本身的变化，它的饱和度也往往最高。

孙传宝

问：自然光落在黄色的陶罐上会呈现什么颜色？用水粉的什么色来调这种颜色？

答：固有色加上光源色。看你的罐子黄是带哪种颜色倾向，黄，或者绿，或者什么。可以把固有色画得暖一些，再把光源色处理的冷一些。固有色可以用土黄加橄榄绿，这都是比较柔和的中性的暖颜色，处理高光的时候黄可以选择柠檬黄之类，黄里加一点太白，再加一点蓝。把光源色处理得冷些。再注意罐子的反光部分也要用光源色。一定要区分开罐子固有的颜色，这样才能把他们的关系摆布正确，有色彩感觉。千万不要把两种黄色处理混淆。

画罐瓶之类的物品，罐口是关键，要把罐子口的厚度画出来，并把其当做一个环形物体来画，罐子暗部与亮部的冷暖关系要拉开。

什么叫环境色？

写生的时候讲的最多的就是环境色了。 影响环境色的因素有很多,比如光源的颜色，背景的颜色,比如衬布,还有你要画的对象相互之间的影响。举个例子，你画了一个蓝颜色的瓷器,用的是黄颜色的衬布,这个时候,黄颜色就影响了这个瓶子,你可以很清楚地在瓶子的反光里看到衬布的颜色,这就是瓶子的环境色。 如果瓶子前面还有一个红颜色的苹果,那么红颜色也是它的环境色。

蒋 冬

色彩饱和度

比如你在色彩盒里蘸了一笔大红,这大红的饱和度就是100％,但是你觉得你要画的对象不完全是大红的,你可能还会沾一些别的颜色,比如说黄颜色、蓝颜色,其他的颜色沾的越多,红颜色的饱和度就越低。 或者你在沾了颜色后又沾了一些白颜色,同样会降低颜色的饱和度,就是老师说的发"灰"了。

画笔在纸面上运动,出现笔痕,即谓笔触。一般通过画面中的笔触可以看出画家大致的作画顺序和怎样用笔来塑造对象的。用笔不是目的,是一种表现手段,许多画家的笔法是有所区别的,有的大笔纵横,有的小笔点绘。哪一种笔法好呢?怎样用笔才对?应该从表现对象的目的着眼,根据不同物象的不同结构、不同质感和作者的不同感受,立足于表现。要从表现对象出发,为表现形体结构和色彩,灵活运用涂、摆、点、勾、堆、扫等各种笔法进行描绘。

带金边的高脚杯的色彩怎么画？

　　金边的暗部要用重颜色如熟褐、深红和土黄，少点一点湖蓝或钴蓝。

　　灰面——赭石、土黄、橘黄、柠黄，视情况略加白。

　　亮面——白、柠黄、橘黄。

　　高光——白，点一点柠黄，略点一点玫瑰色。

　　反光——般是冷色，看后面反了什么物体的颜色而定。

　　色彩就是用来表现物体之间相互的色彩关系的，环境色的作用很大。同一个物体在不同的环境中的色彩是不同的，希望多多感觉这种变化，金边银边就都不是问题了。　另外反复调颜色，注意调色的比例，色彩会有很多变化。熟能生巧。

问：怎么样画透明物体？

答：首先，透明物体大部分人喜欢先
画，比如空玻璃杯，或者是装水的玻璃
下。画完背景再用深浅不同的线勾个轮廓
就完了。这种画法简洁轻松，给人一气呵
成畅快淋漓之感。

但是画透明物体时要注意质感问题，
要把玻璃的物体画的遍数太多，那就
塑料的了。提白时也是，虽然玻璃反光
，但也不能到处都是亮光，高光也要有
浅和冷暖的变化。

吴永强

刘 胜

　　看到这幅画时，心里总有种莫名的激动，因为画此画经历了一个"由苦到甜"的过程。每个人在作画时都有可能遇到情绪低落的时候，我在画这幅画时画到一半快画不下去了，看手当时被同事拍到的照片就看到了，我竟在抓头，呵呵！！！够苦闷的吧！但最后我调节了下心情，终于在画面上找到了自己的一小部分精彩的刻画。这点小发现让我很激动，特别是画到那雄浑的紫灰色时，我终于找到了画面的整体基调，最后很陶醉地完成了整幅画！所以说"贵在坚持"，如果你在画画时遇到苦闷时，一定要坚持到底，因为那是你即将进步的前兆。"黎明前的黑暗"这话是很有道理的。如果此时你不调节好自己的心情，甚至是把自己的画撕掉（在这里说句，我是最痛恨撕掉自己画的人，那是脆弱、逃避的表现），那就失去了一次进步的机会！

　　白盘子画法：白盘子其实要根据你的环境来调颜色的，当然不要忘记它的本色是白的，所以别画花掉了。一般调色的时候就是在白色中加一些环境色，比如布的颜色，或者旁边静物的反光，在盘子的暗部压两笔深色上去，就很像一个盘子了。你反复在上面画啊画的，盯着一个盘子看，会越画越深的。如果一幅静物中有一个白盘子，那就是整幅画中颜色最淡的地方，你要学会把它和旁边的东西作比较。

默画土豆时要注意：

1.土豆的外皮较粗糙，可采取干画法来表现它。

2.用色以土黄为主，亮部可适当加入少量的白色。

3.土豆的高光不明显，反光较弱。

大白菜由菜帮和菜叶组成。菜叶和菜帮颜色都较淡，受周围环境色影响明显，在调色时要注意勿画"脏"。作画时先用湿画法画出它大的形体和色彩关系，菜帮颜色较亮，在铺色时可适当留出高光，并要准确把握菜帮灰部颜色的色彩倾向。为了保持新鲜度，最好是一两次完成，白色的用量要恰当。

在静物考试中，葱是难度较大的一种考试题材。葱分葱头与葱叶两部分，葱头的颜色较淡，葱叶的颜色浓郁，从葱头到葱叶的颜色是由淡到深的渐变。在默画时，先画葱叶的大体颜色，切勿一根一根地画，否则易显得杂乱无章。上色时使用的水分可多一些，以便表现出葱的多汁。葱头要认真塑造，用色应尽量饱和、勿干枯。

画青菜时，首先要明确青菜的造型。它的形状分菜叶、菜帮两部分。菜叶颜色较浓郁，作画时一般先采用湿画法画出它大的形体与色彩，再选择主要的叶片略加修饰。用笔要松些，勿拘谨。菜叶的受光部要少加白色，不要有粉气。菜帮要画得紧凑些、具体些，要有较强的体积感。菜帮的颜色较菜叶淡，受环境色影响较大，可适当加些白色去表现，但用色要尽量饱和，最好一次性完成，这样画出来的青菜才清新可人。

王　峰

面包在近几年的高考中也是较常见的考试内容之一。

一、在默画前首先应确定面包的形状，并要注意面□打形用的单色，特别是普蓝应淡些，这样有利于深入时□色的覆盖与调整。

二、面包皮的颜色焦黄，但不能画焦。画时不能用□红、赭石、熟褐等色直接去表现，可在这些颜色中□当加入橘黄、朱红、橘红或中黄等颜色，一般不使□白色。面包上可画出高光，这样能表现出面包焦黄□亮的感觉。面包的底部色很淡，可调入较多的白色□表现。切片的面包可用干厚的枯笔来表现。面包受□境色的影响较小，暗部和反光的颜色变化也都较微□，须小心处理。

李丽娜

塑造：在大关系比较正确的基础上，进行具体塑造，从画面主体物着手，逐个完成。集中塑造一件物体，干湿变化易于掌握，也易于塑造其受光与背光不同面的色彩变化。此时眼睛要随时环扫周围，从局部入手但不能陷入局部，顾此失彼。要看该物体与背景和其他物体的关系，掌握分寸。用色要适当加厚，底色的正确部分可以保留，增加画面的色彩层次。

暖色调

　　画色彩不像素描，很理性，如果把素描比做文化课就是数学，那色彩就是语文或者英语，是需要感觉的。这就是所谓的色彩感觉。

　　色调统一主要指的是大的冷暖关系的统一，画画时一定要清楚所画的是冷调的还是暖调的。画画时没有一定的灰调，也没有一定的步骤，只要是你在画，那么你作画的过程不就是你的步骤么。可能你的步骤很乱，但劝你千万不要去学那些"N笔画个苹果"之类的方法，那种方法对你会危害无穷还不一定适用。如果你现在真的很急的话，你就多临摹一些你喜欢的画，一定要是你喜欢的风格。先不要去想这种画风考试受不受欢迎，因为基本上那种画风都是有一定市场的，只要是你喜欢的，你会画得比较好，画得好了，该有的关系有了，考试自然能过。

王　峰

冷色调

　　我在这里简单地说一说颜色的冷暖。颜色的冷暖跟我们感觉到的冷暖之间的联系，你不必去考虑他们。

　　简单地说，红颜色是最暖的，其次是橙黄色系(色系就是说各种黄，比如柠檬黄、中黄、淡黄都属于黄色系)、绿色系，紫色、蓝色、 白和黑在理论上都不属于颜色，它们是明和暗。

　　在应用上，比如我们画一个绿颜色的苹果， 接受的是自然光，这样，受光的部分可能在亮的地方呈现了柠檬黄，暗的地方自然用饱和度比较低的颜色调和出来的一种灰色，但是里面也会翻一些暖色。

　　水粉性能最好把握的画法是干画法：就是说水少粉多的意思。这种画法多采用挤干笔头所含水分，调色时不加水或少加水，使颜料成一种膏糊状，先深后浅，从大面到细部，一遍遍地覆盖和深入，越画越充分，并随着由深到浅的进展，不断调入更多的白粉来提亮画面。干画法运笔比较涩滞，而且呈枯干状，但比较具体和结实，便于表现肯定而明确的形体与色彩，如物体凹凸分明处、画中主体物的亮部及精彩的细节刻画。这种画法非常注重落笔，力求观察准确，下笔肯定，每一笔下去都代表一定的形体与色彩关系。干画法也有它的缺点，画面过多地采用此法，加上运用技巧不当，会造成画面干枯和呆板。但干画法的色彩干后变化小，对于练习色彩收效较大，也容易掌握。

蒋 冬

从上色顺序方面讲有如下几种：

1.从整体到局部。水粉画是色彩画的一种，它同水彩、油画一样，都是从画大色块入手。整体着眼和从大体入手是我们的作画原则，大色块和大片色，对画面色调起决定性作用。应首先画准组成画面的主要色块的色彩关系，然后再进行局部的塑造和细节刻画。

2.从深重色到明亮色。明,亮色多是厚画法，一遍遍薄画亮不起来。先画深重色，容易被明亮色覆盖；相反，一般是先画面积较大的深重色（包括暗部、亮部的重色），予以确定画面色彩的骨架，再逐步向中间色和明亮色推移。以明亮色为主的画面，还是要先画明亮的大色块，颜色稍薄一点，局部小面积的深重色后加上去。如果中间色为主，作画时先画中间色，运用并置的方法，分别向面积较小的暗色的明亮色画过去。方法不是死的，要根据情况灵活掌握。

画面两块颜色衔接要自然，从明到暗要过渡圆润，色彩要衔接恰当。其方法有三：

1.利用湿画，使明色与暗色、此色与彼色，由于水的作用交互渗化，这样效果会自然而柔润。一遍不行，可照此方法再画一遍。

2.在两色之间用中间明度的颜色画上去，虽有明显笔痕，远看过渡自然。

3.两色衔接生硬之处，可用其中一色在邻接处干扫几下，增加过渡的色阶。也可用笔蘸少量清水在生硬之处轻扫几下，使两色衔接处从明度或色彩方面揉出过渡层次，转折即会自然。

记得有次刚走进画室，一个女生就带着哭腔说道："李老师，我画的水粉没有重色，等干了以后色彩倾向变得不明显了，变灰了，怎么办啊？"

这也是广大初学者的通病。画面灰，说明你画的时候明暗关系就没有掌握好，另外你颜色调得不干净，才会这样的。画的时候因为是湿的就会感觉还挺深，干了颜色就谈了，这是水粉的特性。解决方法：

1.在开始画的时候，先把最深的颜色画两笔上去，玉一下，比如阴影部分、静物明暗交界线的地方，调色的时候不要加白色进去。

2.然后结合静物的背景，由深色画到浅色，静物部分先画深色的东西，一般就是些深色的罐子啊、酒瓶子什么的。

3.水果盘子之类颜色较明快的东西最后画。

简单讲了一下希望大家能理解吧，你也可以临摹一些好的水粉画，有助于你更好地把握明暗关系与掌握大色调。

画苹果的结构素描，为什么要外方内圆？

宁方勿圆的意思是，虽然物体在我们肉眼看上去是圆的，但是事实上它是由多个很小的（肉眼看不到的平面）组成的。一开始就画成圆的，不利于对物体结构的剖析，因为我们画画是要在一个平面上把立体的物体（苹果）表现出来。也就是说，我们是要把苹果在纸上表现出来。画得圆了，就失去了物体本身的块面结构。

孙传宝

蒋 冬

水粉色彩纯度与明度的局限性：

水粉画在湿的时候，它颜色的饱和度和油画一样很高；而干后，由于粉的作用及颜色失去光泽，饱和度大幅度降低，这就是它颜色纯度的局限性。水粉明度的提高是通过稀释、加粉或含粉质颜料较多的浅颜色来实现的。它的干湿变化非常之大，往往有些颜色只加少许的粉，在湿时和干时，其明度就表现出或深或浅的差别。由于水粉画干后颜色普遍变浅，所以，运用好粉是水粉画技术上最难解决的问题。而含粉的色彩又恰恰是水粉画的魅力所在，它使画面的颜色充满水粉画特有的"粉"的品质，而出现特别丰富的中间色彩。

不要相信什么"红苹果暗面发绿，黄梨子暗面发蓝"，这只会让你的绘画变得概念化。画画是讲感觉的东西，除了天赋，平时应该多锻炼一下自己对色彩的感悟能力，多留心身边不经意的色彩变化，比如变化中的朝云和晚霞等等。

画画最主要的是感觉，这点在画色彩尤为重要。当你看到一组静物对你的第一感觉是什么样的，那就要立刻抓住，保持好那种心境一直到画作结束。

当我摆好这组静物时，我猛然有种特清爽的感觉，那种心旷神怡的感觉，使我马上知道自己该怎么画了。我几乎是一气呵成地就把大的基调铺了出来，特别是白色的电火锅和背景，我几乎是把大部分的第一次上的色保留到了画面的最后完成！

赵 伟

冯艳伟

画繁杂的植物或者花卉时，一定要注意整体的
层次感。在动手画之前把复杂的叶子分为三大层(即
黑、白、灰)，然后从最深的开始入手，总之一句话
"复杂的东西简单化。"

孙传宝